DJINN

DUFAUX / MIRALLES

DARGAUD
BENELUX

Tout part du corps, tout ramène au corps. Corps exposés dans les harems,
corps déchirés sur les champs de bataille. Corps convoités, corps abandonnés.

En 1912, la Turquie choisit le mauvais camp.
Elle se place aux côtés de l'Allemagne dans la grande guerre qui se prépare.
L'ancien Empire ottoman partait en ruine,
l'économie turque passant officiellement sous tutelle étrangère.
Vers 1895, l'affaiblissement des derniers sultans permit l'émergence des Jeunes-Turcs,
un mouvement nationaliste dont la figure prédominante,
Enver Pacha, devint ministre de la guerre en 1914.
Le sultan réclame la "guerre sainte" aux alliés, l'engrenage fatal se met en place.
Quand la Turquie se retire de la guerre (armistice de Moudros, en 1918),
les Jeunes-Turcs ne devront leur salut qu'en s'enfuyant vers l'Allemagne.
Des années de marasme suivront. Il faudra attendre 1923
pour qu'un ancien inspecteur militaire en Anatolie orientale,
Mustafa Kémal, redonne à son pays sa dignité perdue.

Voilà pour quelques points d'Histoire qui sous-tendent notre récit.
Nous parlerons donc de la fin d'une ère, d'un esprit, celui des derniers sultans.
Et d'une mythologie attachée à leurs noms, celle des harems.
Lieu de séduction, lieu raffiné, cruel, où le pouvoir glisse sur les peaux
à défaut de s'accrocher à une volonté.
Les clichés qui viennent à l'esprit lorsque l'on évoque les harems sont nombreux.
Ce serait une erreur de vouloir les éviter tous. C'est justement dans ces clichés
que se glissent notre bonne et notre mauvaise conscience. Le corps d'une femme
restera toujours le pouvoir suprême devant lequel plient les hommes.
L'Histoire l'a assez prouvé. Le cliché tient la route.
Cependant, le jeu reste subtil. Car qui, du maître ou de l'esclave, détient le pouvoir ?
Les Djinns nous répondront que ce sont eux car ils ne sont que pur esprit.
Même si cet esprit se cache sous un corps désirable... et désiré.
Dans notre histoire, un couple s'aventure sur ce corps, cet esprit.
Cet amour triangulaire se fonde sur un cas réel qui fut traité en son temps
par Tanizaki en littérature et par Liliana Cavani au cinéma...
Et maintenant, rêvons.
Des portes de bronze s'ouvrent, un chant de femme vous appelle...
Tout n'est que mirage.

JEAN DUFAUX, janvier 2001.

www.dargaud.com

HUITIÈME ÉDITION
Imprimé en France

Dépôt légal : d/2007/0086/123 • ISBN 978-2-5050-0120-1

JE SUIS À LA RECHERCHE D'UN DJINN... D'UNE OMBRE... CELLE DE MA GRAND-MÈRE.
DE MES RACINES AUSSI, JE SUPPOSE... C'EST UN VOYAGE QUI SERA LONG... UN VOYAGE DONT JE NE REVIENDRAI PAS INTACTE... ON NE REVIENT JAMAIS INTACT LORSQU'ON SE FROTTE À UN DJINN...
JE N'AI RIEN TROUVÉ.
MAIS VOUS M'AVIEZ PROMIS...
JE SAIS. MAIS LES DOSSIERS MANQUENT, JE ME SUIS RENSEIGNÉ AUPRÈS DE MES COLLÈGUES... EN VAIN... PERSONNE N'A PU M'AIDER.
ALORS?...
À QUI JE M'ADRESSE, À PRÉSENT?
JE CONNAIS UN LIBRAIRE DANS LA VIEILLE VILLE, CHEZ THESOS.
IL POSSÈDE DE VIEUX DOCUMENTS, TRÈS RARES... C'EST SURPRENANT, PARFOIS, CE QUE L'ON DÉCOUVRE CHEZ LUI...
QUI SAIT?... IL POURRAIT NOUS CONSEILLER...
MMMM... ON PEUT TENTER LE COUP. MAIS C'EST DÉCOURAGEANT...
1A
1B
1C

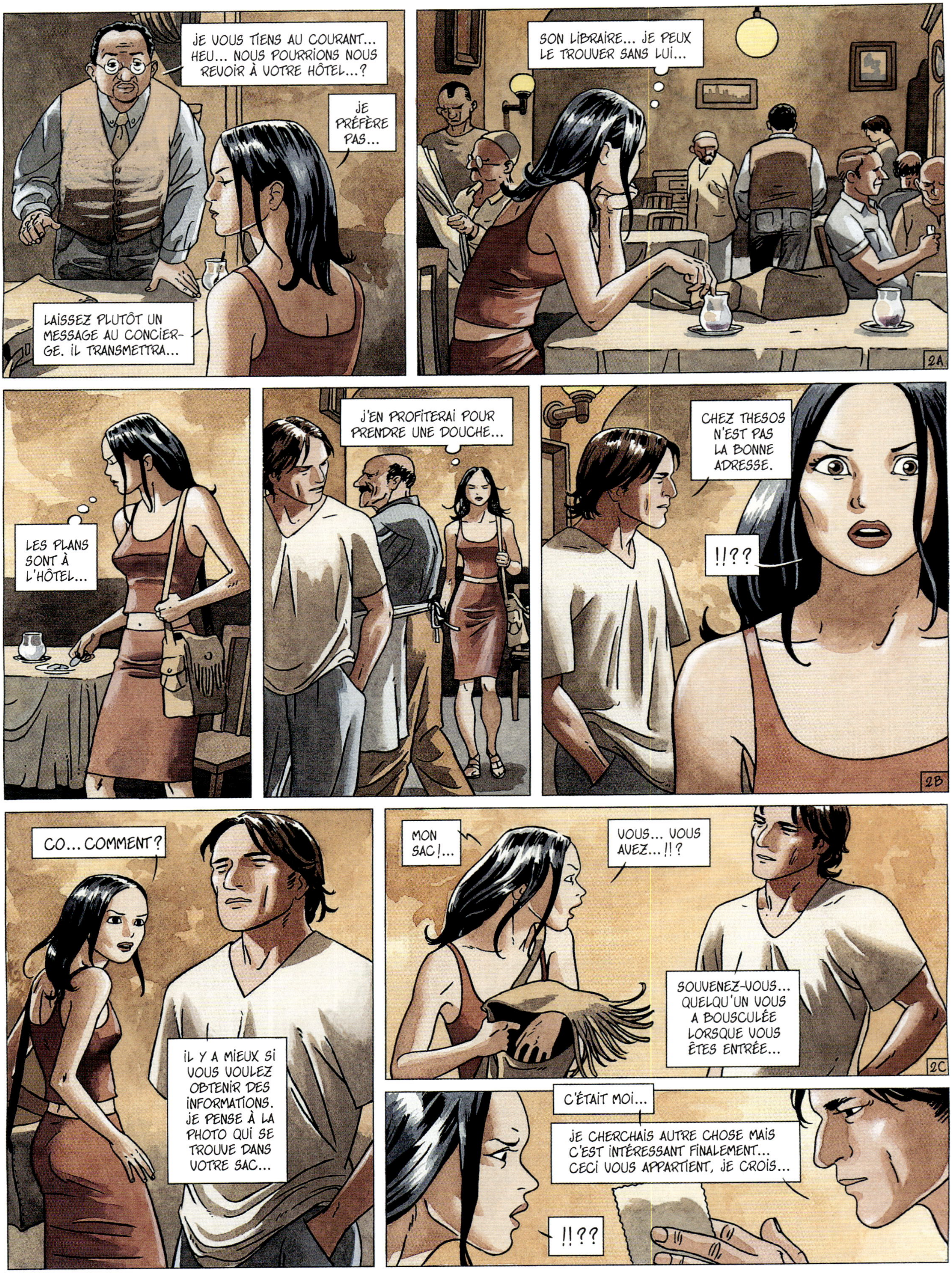
JE VOUS TIENS AU COURANT... HEU... NOUS POURRIONS NOUS REVOIR À VOTRE HÔTEL...?
JE PRÉFÈRE PAS...
LAISSEZ PLUTÔT UN MESSAGE AU CONCIERGE. IL TRANSMETTRA...
SON LIBRAIRE... JE PEUX LE TROUVER SANS LUI...
2A
LES PLANS SONT À L'HÔTEL...
J'EN PROFITERAI POUR PRENDRE UNE DOUCHE...
CHEZ THESOS N'EST PAS LA BONNE ADRESSE.
!!??
2B
CO... COMMENT?
IL Y A MIEUX SI VOUS VOULEZ OBTENIR DES INFORMATIONS. JE PENSE À LA PHOTO QUI SE TROUVE DANS VOTRE SAC...
MON SAC!...
VOUS... VOUS AVEZ...!!?
SOUVENEZ-VOUS... QUELQU'UN VOUS A BOUSCULÉE LORSQUE VOUS ÊTES ENTRÉE...
2C
C'ÉTAIT MOI...
JE CHERCHAIS AUTRE CHOSE MAIS C'EST INTÉRESSANT FINALEMENT... CECI VOUS APPARTIENT, JE CROIS...
!!??

MAIS... VOUS...
VOUS N'ÊTES QU'UN VOLEUR!... ET VOUS OSEZ...
OSER VOUS PERMET DE GAGNER DU TEMPS... ET MON TEMPS EST PRÉCIEUX... CETTE PHOTO... C'EST LE DÉBUT D'UNE PISTE POUR VOUS...
J'IGNORE QUELS SONT VOS MOTIFS... JE NE M'EN SOUCIE GUÈRE D'AILLEURS... MAIS JE PEUX VOUS AIDER À REMONTER CETTE PISTE...
L'HOMME REPRÉSENTÉ SUR CE DOCUMENT... C'EST LE SULTAN MURATI, N'EST-CE PAS?
LE SULTAN NOIR, OUI...
VOUS... VOUS POUVEZ ME RENSEIGNER À SON SUJET?
JE PEUX VOUS RÉPÉTER CE QUE L'ON APPREND DANS LES LIVRES... MAIS VOUS DÉSIREZ EN SAVOIR PLUS, JE SUPPOSE...
3B
JE VIENDRAI VOUS CHERCHER CE SOIR, À VOTRE HÔTEL...
FAITES-VOUS BELLE...
NOUS IRONS AU BORDEL DE DAME FAZILA.
MAIS...!!!
QUI... QUI VOUS A DIT OÙ JE LOGEAIS!!?
3C

J'ÉTAIS TROUBLÉE. J'AURAIS DÛ GIFLER CET HOMME, LE RENVOYER... AU LIEU DE CELA, LE SOIR MÊME, DANS MA CHAMBRE D'HÔTEL...
...JE ME SUIS SURPRISE À L'ATTENDRE... ET LORSQUE LE TÉLÉPHONE A SONNÉ, J'AI RÉPONDU SIMPLEMENT...
JE SUIS PRÊTE... JE DESCENDS.
4A
JE NE CONNAISSAIS PAS CET ENDROIT. IL EST PLEIN DE CHARME.
N'EST-CE PAS ?
4B
COMME VOUS D'AILLEURS. JE NE VOUS L'AI PAS ENCORE DIT, JE CROIS... MON NOM EST MALEK. IBRAM MALEK...
UN NOM RE-CHERCHÉ PAR LA POLICE, JE SUPPOSE...
MAIS À PAYER DE VOTRE PERSONNE, CHÈRE AMIE...
LA POLICE ET D'AUTRES... VOUS ÊTES PRÊTE?
PRÊTE À QUOI?
4C

DÉSHABILLEZ-VOUS !
JE VOUS DEMANDE PARDON !!?
SI VOUS VOULEZ REMONTER LE TEMPS, IL NE S'AGIT PAS DE TRICHER. IL FAUDRA VOUS MONTRER TELLE QUE VOUS ÊTES...
5A
CORPS ET ÂME, CAR VOUS SEREZ JUGÉE... MAIS JE CROIS QUE VOUS POUVEZ VOUS EN TIRER. ET PUIS, RASSUREZ-VOUS, JE VOUS ACCOMPAGNERAI...
MAIS OÙ SOMMES-NOUS ICI ?
DANS LE VIEUX QUARTIER. C'ÉTAIT UN ANCIEN HAMMAM AVANT QUE DAME FAZILA NE S'Y ÉTABLISSE.
5B
PRENEZ CETTE CELLULE. JE VOUS RETROUVE DANS CINQ MINUTES.
JE SUIS FOLLE !
JE DEVRAIS FILER D'ICI AU PLUS VITE...
À MOINS QUE...
5C

C'EST EXACT. JE CONNAIS QUELQU'UN QUI PEUT T'AIDER...
MAIS POURQUOI T'INTÉRESSES-TU AU SULTAN NOIR? ... SON NOM EST OUBLIÉ DEPUIS LONGTEMPS...
POURTANT, IL A JOUÉ UN RÔLE IMPORTANT PENDANT LES ANNÉES QUI ONT PRÉCÉDÉ LA PREMIÈRE GUERRE MONDIALE...
MÊME SI VOS LIVRES D'HISTOIRE OMETTENT DE LE MENTIONNER.
TOUS CEUX QUI SE SONT INTÉRESSÉS DE PRÈS OU DE LOIN AU SULTAN NOIR ONT PÉRI DE MORT VIOLENTE... NOS HISTORIENS SONT DES GENS SAGES.
PEUT-ÊTRE. ALORS JE LE SERAI MOINS. UNE DE MES AÏEULES FUT EMPLOYÉE PAR LE SULTAN.
OU PLUTÔT...
OUI?...
... ELLE APPARTENAIT À SON GYNÉCÉE.
C'ÉTAIT L'UNE DE SES OTTOMANES FAVORITES.
AH! TU PERMETS? ...
UN INSTANT ...
6

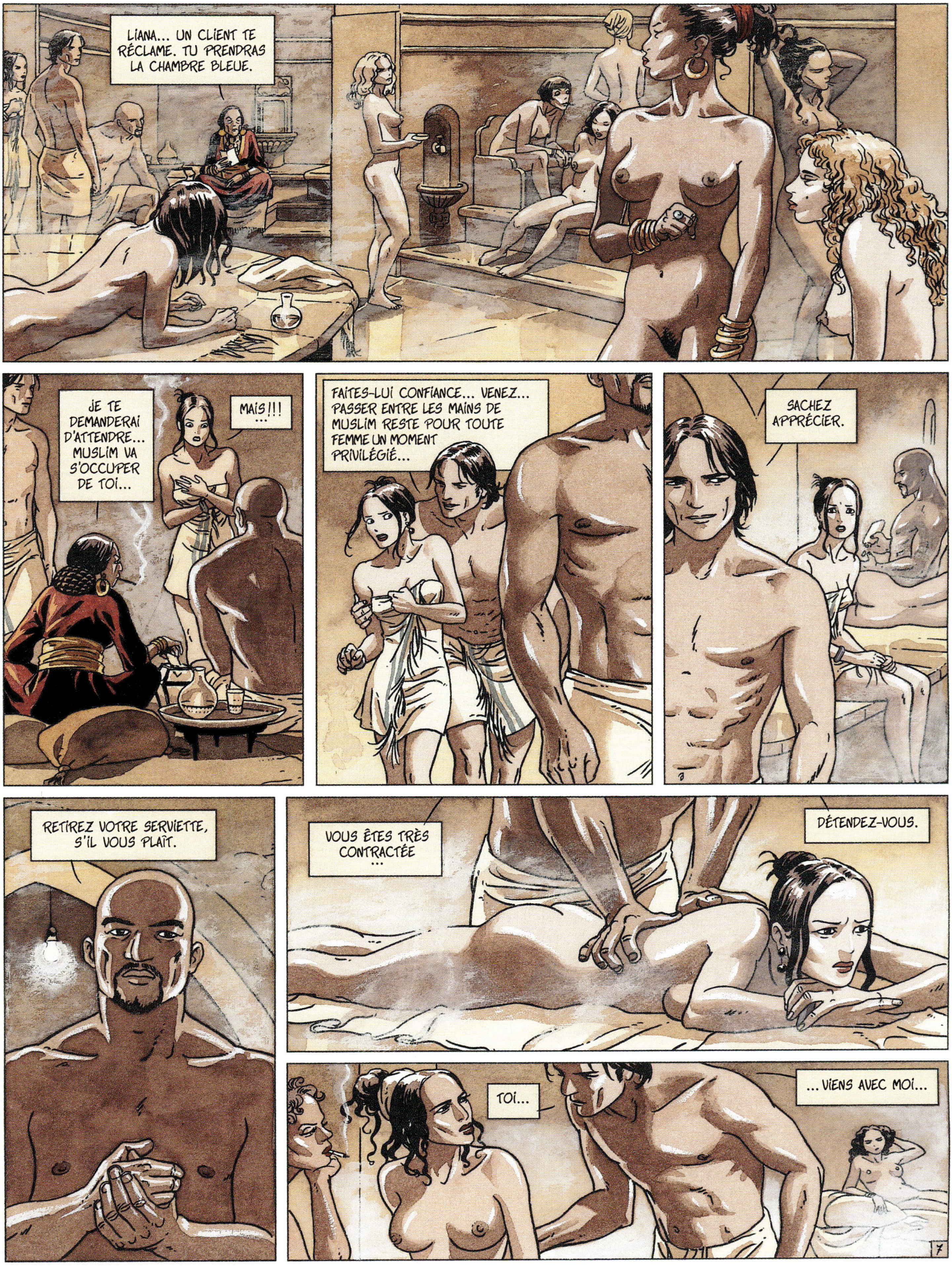
LIANA... UN CLIENT TE RÉCLAME. TU PRENDRAS LA CHAMBRE BLEUE.
JE TE DEMANDERAI D'ATTENDRE... MUSLIM VA S'OCCUPER DE TOI...
MAIS!!! ...
FAITES-LUI CONFIANCE... VENEZ... PASSER ENTRE LES MAINS DE MUSLIM RESTE POUR TOUTE FEMME UN MOMENT PRIVILÉGIÉ...
SACHEZ APPRÉCIER.
RETIREZ VOTRE SERVIETTE, S'IL VOUS PLAÎT.
VOUS ÊTES TRÈS CONTRACTÉE ...
DÉTENDEZ-VOUS.
TOI...
... VIENS AVEC MOI...

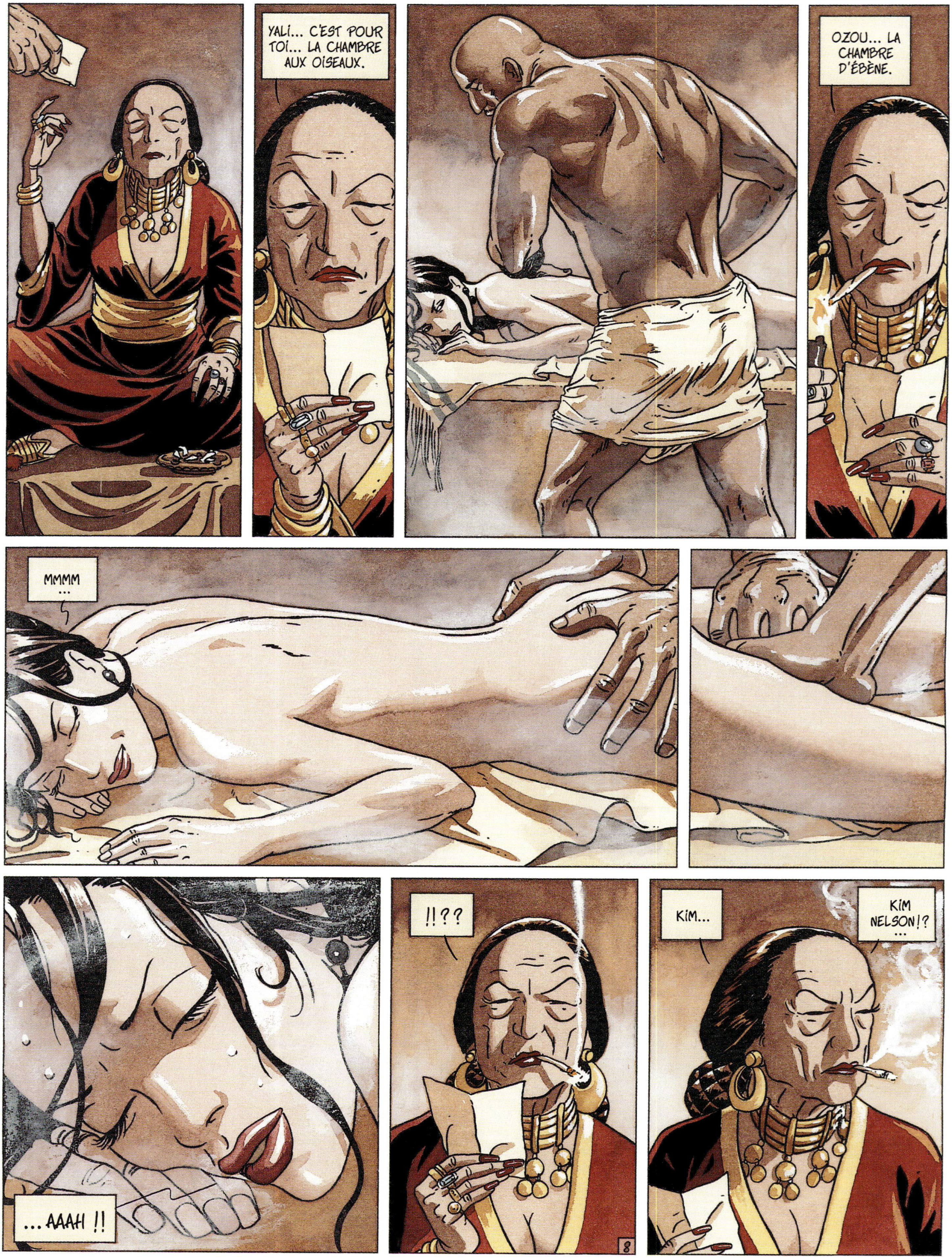

YALI... C'EST POUR TOI... LA CHAMBRE AUX OISEAUX.
OZOU... LA CHAMBRE D'ÉBÈNE.
MMMM ...
... AAAH !!
!!??
KIM...
KIM NELSON!? ...

CO... COMMENT?? ...
ON TE DEMANDE... QUELQU'UN T'A CHOISIE...
LA CHAMBRE À LA ROSACE.
!!!??
!! QUOI !!... QU'Y A-T-IL? ...
JE L'IGNORE...
MAIS JE SENS...
... UNE MENACE !
JE VOUS AI SUIVIE.
JE NE M'ATTENDAIS PAS À ME RETROUVER ICI, JE L'AVOUE... J'AI HÉSITÉ MÊME ...
ET PUIS, JE ME SUIS DIT QUE JE NE DEVAIS PAS LAISSER PASSER MA CHANCE...
VOUS AURIEZ DÛ APPARAÎTRE NUE...
... COMME TOUTES LES FILLES QUI TRAVAILLENT POUR DAME FAZILA.

JE NE TRAVAILLE PAS POUR DAME FAZILA. JE NE CROIS PAS AVOIR LES TALENTS NÉCESSAIRES POUR CELA.
MAIS ELLE PEUT M'AIDER À OBTENIR CERTAINES INFORMATIONS QUI...
D'AUTRES PEUVENT VOUS LES OBTENIR !
J'AI PARLÉ DE VOUS À THESOS !... IL SE FAIT QUE LUI AUSSI S'INTÉRESSE DE PRÈS À LA COUR DU SULTAN NOIR. IL VEUT VOUS RENCONTRER AU PLUS VITE.
JE REGRETTE. JE NE SUIS PAS DISPONIBLE POUR L'INSTANT.
VRAIMENT? ...
VOUS OUBLIEZ QUE C'EST VOUS QUI ÊTES VENUE ME CHERCHER.
JE ME SUIS TROP INVESTI DANS CETTE AFFAIRE... VOUS AVEZ JETÉ UN CAILLOU DANS LES EAUX DORMANTES... LES ONDES SE PROPAGENT... C'EST À VOUS D'ASSUMER, À PRÉSENT...
ASSUMER QUOI?...
VOTRE PASSÉ... LES QUESTIONS QUE VOUS VOUS POSEZ À PROPOS DE CE PASSÉ. MAIS JE VOUS RASSURE ...
MMMFFF !!
...NOUS VOUS Y AIDERONS !!
ET LES ONDES SE PROPAGENT ,,,
DONG
DONG
DONG

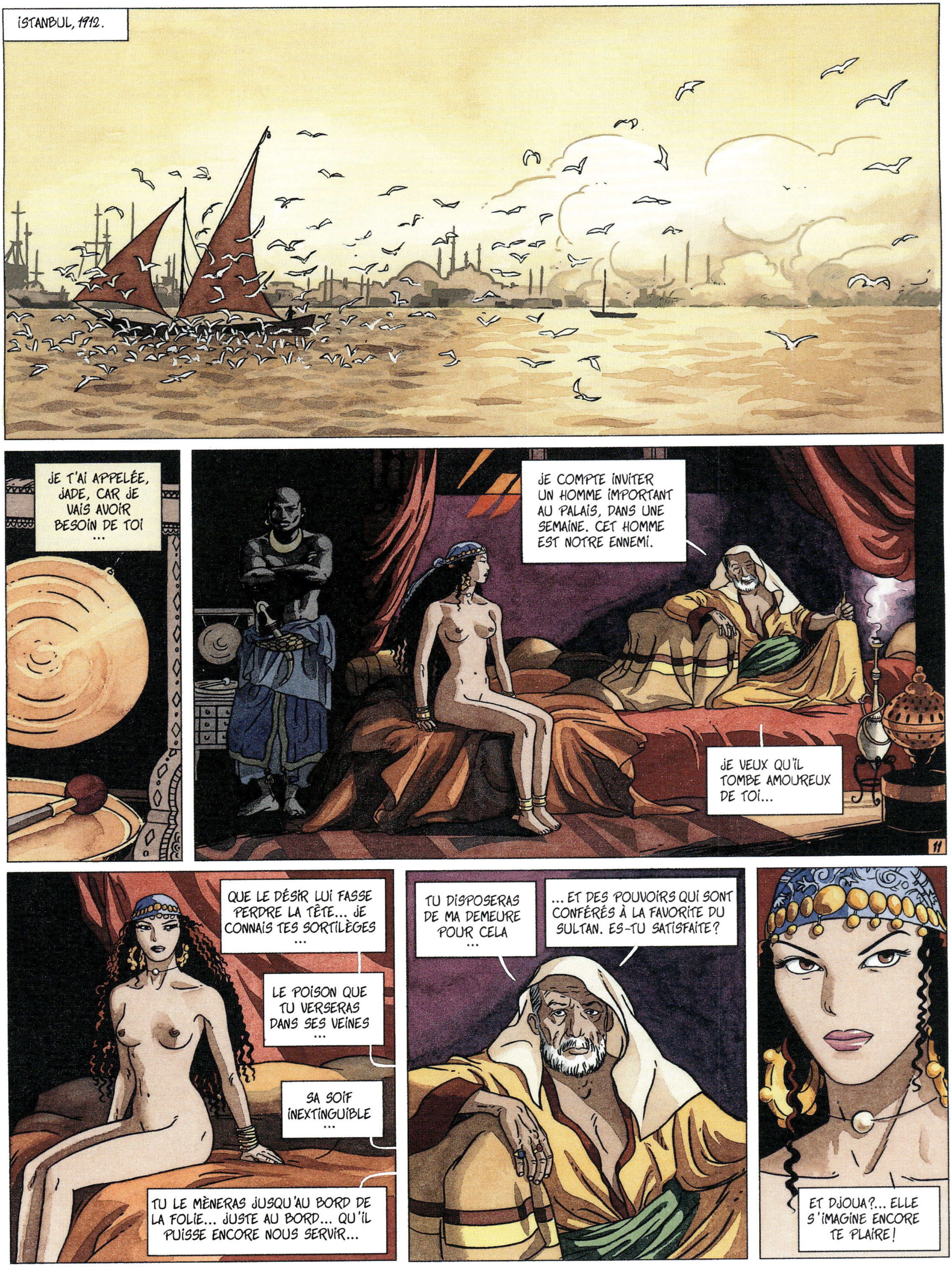
ISTANBUL, 1912.
JE T'AI APPELÉE, JADE, CAR JE VAIS AVOIR BESOIN DE TOI...
JE COMPTE INVITER UN HOMME IMPORTANT AU PALAIS, DANS UNE SEMAINE. CET HOMME EST NOTRE ENNEMI.
JE VEUX QU'IL TOMBE AMOUREUX DE TOI...
QUE LE DÉSIR LUI FASSE PERDRE LA TÊTE... JE CONNAIS TES SORTILÈGES...
LE POISON QUE TU VERSERAS DANS SES VEINES...
SA SOIF INEXTINGUIBLE...
TU LE MÈNERAS JUSQU'AU BORD DE LA FOLIE... JUSTE AU BORD... QU'IL PUISSE ENCORE NOUS SERVIR...
TU DISPOSERAS DE MA DEMEURE POUR CELA...
... ET DES POUVOIRS QUI SONT CONFÉRÉS À LA FAVORITE DU SULTAN. ES-TU SATISFAITE?
ET DJOUA?... ELLE S'IMAGINE ENCORE TE PLAIRE!

DJOUA? ... TROP DE NUITS ...
SES MYSTÈRES SE SONT ENVOLÉS ... JE TE LA LAISSE.
JADE !!?
OH NON !!
DJOUA !! FUIS !!! ...
FRAPPE !!
MON ENFANT ! ... MON ENFANT !!!
12

BLAAAAAAAH!
CHA... CHAALI......
PITIÉ, MAÎTRESSE... ÉPARGNE-NOUS !
ET L'ENFANT?...
AH OUI!... LA PETITE CHAALI...
C'EST VRAI ...
ELLE RESSEMBLE DÉJÀ À SA MÈRE...
CE N'EST QU'UNE FILLE...
TUE-LA!
13

NON! PAS L'ENFANT!
UN MAUVAIS RÊVE? ... LE NARCOTIQUE, PROBABLEMENT...
OÙ... OÙ SUIS-JE?
CHEZ MOI, DANS MA DEMEURE...
J'ESPÈRE QUE VOUS TROUVEREZ CELLE-CI À VOTRE CONVENANCE.
MON NOM EST AMIN DOMAN. JE M'INTÉRESSE AU PASSÉ DE MON PAYS. À CERTAINS ASPECTS DE CE PASSÉ...
...PAR EXEMPLE À LA COUR DU SULTAN MURATI. VOUS VOYEZ PEUT-ÊTRE OÙ JE VEUX EN VENIR...
MURATI... NON, PAS DU TOUT... C'EST VOUS QUI AVEZ ORGANISÉ MON ENLÈVEMENT?
JE RECONNAIS QUE MON... INVITATION MANQUE DE COURTOISIE. KÉMAL S'EST MONTRÉ MALADROIT, BRUTAL... JE LE SOUPÇONNE DE NOURRIR CERTAINES ILLUSIONS À VOTRE SUJET...
MAIS SI NOUS POURSUIVIONS CETTE CONVERSATION AUTOUR D'UN EXCELLENT PETIT DÉJEUNER...?
JE CROIS QUE VOUS EN AVEZ BESOIN...
!!?
MAIS ...
14

QUI... QUI M'A PASSÉ CETTE ROBE?
ELLE VOUS VA À RAVIR... CROYEZ QUE JE N'AI LAISSÉ À PERSONNE D'AUTRE LE SOIN DE VOUS DÉVÊTIR...
VOUS ÊTES TRÈS BELLE...
NORMAL, ME DIREZ-VOUS, POUR LA PETITE-FILLE DE JADE, CELLE QUI FUT LA FAVORITE DU SULTAN NOIR.
À PROPOS, J'AI ICI SUR MOI UNE PHOTO LA REPRÉSENTANT DANS TOUTE SA SPLENDEUR... AU TEMPS OÙ ELLE RÉGNAIT SUR LE COEUR DU SULTAN... CELA VOUS INTÉRESSE?
SPLENDEUR EST LE MOT QUI CONVIENT, JE PENSE...
!!!
ELLE... ELLE EST ...
TERRIBLEMENT NUE, OUI. C'ÉTAIT SON ARME. ET LE SULTAN JOUAIT À LA PERFECTION DE CETTE ARME...
J'AI REÇU CE DOCUMENT D'UN VIEIL AMI QUI CONNAÎT ADMIRABLEMENT CETTE ÉPOQUE, UN LIBRAIRE, L'UN DES MEILLEURS DE CETTE VILLE...
LAISSEZ-MOI DEVINER...
IL S'APPELLE THESOS ...
MMM... PERSPICACE. ON M'AVAIT PRÉVENU QUE VOUS N'ÉTIEZ PAS IDIOTE...
ON CRAIGNAIT DE VOUS DÉCONTENANCER?... VOUS N'AIMEZ QUE LES FILLES À LA CERVELLE VIDE?...
ON DOIT ENCORE EN TROUVER. MAIS ÇA DEVIENT RARE, SI VOUS VOULEZ MON AVIS...
TANDIS QUE LES HOMMES...

* VOIR PRÉFACE.

JE DOIS TE DÉRANGER …
C'EST DONC GRAVE, JE T'ÉCOUTE…
JADE… ELLE NE S'EST PAS CONTENTÉE DE SUPPRIMER SA RIVALE… ELLE A TUÉ L'ENFANT AUSSI…
… LA PETITE CHAALI.
CLACCC
J'AI CASSÉ MA PLUME. VA M'EN CHERCHER UNE AUTRE !
JADE ?… AUCUN CHÂTIMENT ?
AUCUN CHÂTIMENT.
YOUSSOUF …
DEMAIN, JE REÇOIS LORD NELSON ET SON ÉPOUSE.
NOUS DÎNERONS SUR LA TERRASSE SUD. LA VOITURE QUI LES AMÈNERA NE DOIT PAS REPARTIR…
17

QUELLE NUIT SUPERBE...
IL S'AGIRAIT D'UNE TOILE D'APPARAT QUE JE NE M'EN ÉTONNERAIS POINT. NOTRE HÔTE SEMBLE AVOIR TOUT PRÉVU POUR QUE CETTE SOIRÉE SOIT PARFAITE...
PARFAITE?...
IL MANQUE UN ÉLÉMENT... UN ÉLÉMENT QUI SE PLACE TOUJOURS EN FIN DE REPAS... UN DESSERT UN PEU PARTICULIER... UNE RECETTE QUI APPARTIENT EN PROPRE À JADE...
JADE ?
MA FAVORITE... SI VOUS LE DÉSIREZ, ELLE PEUT NOUS APPORTER ELLE-MÊME CE METS... ASSEZ PARTICULIER. MAIS IL ME FAUT PRÉVENIR LADY NELSON...
MOI ??
SA PRÉSENCE POURRAIT VOUS APPARAÎTRE TROUBLANTE.
EN CETTE HEURE DE LA NUIT, JADE N'A RIEN À CACHER DE SES MYSTÈRES.
MA FOI, JE N'Y VOIS PAS D'INCONVÉNIENT. ET VOUS, HAROLD?
JE VOUS SUIS, MA CHÈRE.
DANS CE CAS...
CLAP CLAP

!!
ELLE... ELLE EST...
ABSOLUMENT MAGNIFIQUE, JE SUIS DE VOTRE AVIS...
LADY NELSON... JE VOUS CONSEILLE LES VERTES. ELLES SONT MOINS ÂPRES QUE LES AUTRES...
VOUS PARLEZ PARFAITEMENT ANGLAIS, MISS... JE VOUS FÉLICITE.
JADE MANIE SANS PEINE PLUSIEURS LANGUES...
DONT L'ARABE, L'ANGLAIS, LE RUSSE... ET L'ALLEMAND.
L'ALLEMAND !...
EST-CE DONC QUE VOUS LE PRATIQUEZ RÉGULIÈREMENT ENTRE CES MURS, VOTRE EXCELLENCE?...
19

CES MURS NE SONT NI AVEUGLES, NI SOURDS, LORD NELSON. ILS ENTENDENT TOUS LES BRUITS VENUS D'EUROPE... ET IL ARRIVE À CERTAINS DE CES BRUITS DE S'ÉLEVER AU-DESSUS DES AUTRES.
LE BRUIT PEUT DEVENIR CACOPHONIE...
SONGEZ À UN ORCHESTRE OÙ CHAQUE INSTRUMENT VOUS PERCERAIT LES OREILLES...
LE BRUIT PEUT DEVENIR REDOUTABLE...
SONGEZ À UN CHAMP DE BATAILLE OÙ CHAQUE CANON PERCERAIT L'ADVERSAIRE.
C'EST ABSOLUMENT DÉLICIEUX, CE QUE VOUS NOUS AVEZ SERVI...
COMMENT VOUS EST VENUE L'IDÉE DE CETTE RECETTE...?
UNE OFFRANDE QUE J'AI VOULUE POUR MON MAÎTRE...
UNE PÂTISSERIE AU GOÛT RELEVÉ DONT LES VERTUS NE SERAIENT PAS NÉGLIGEABLES.
LES VERTUS?
OUI... LES VERTUS APHRODISIAQUES. UNE PORTE OUVERTE À TOUS VOS RÊVES... MON MAÎTRE RÊVE BEAUCOUP LA NUIT...
ET VOUS, LADY NELSON... VOUS APPRÉCIEZ CERTAINS DE VOS RÊVES?
HEU... JE... JE NE ME SUIS JAMAIS VRAIMENT POSÉ LA QUESTION...
EX... EXCUSEZ-MOI ... MAIS JE NE ME SENS PAS TRÈS BIEN...
DES PICOTEMENTS ... UNE CHALEUR SUBITE...
20

JADE... NOS HÔTES DORMIRONT ICI, CETTE NUIT. CONDUIS LADY NELSON À SA CHAMBRE. QU'ELLE PUISSE SE REPOSER.
RASSUREZ-VOUS... DEMAIN MATIN, VOTRE VÉHICULE SERA RÉPARÉ. MES HOMMES S'EN OCCUPENT...
JE NE VOUDRAIS SURTOUT PAS VOUS IMPORTUNER, VOTRE EXCELLENCE...
MAIS VOUS NE M'IM-PORTUNEZ EN RIEN, LORD NELSON... LA PREUVE: JE SUIS PRÊT À REPRENDRE NOTRE DISCUSSION SUR LA LANGUE ALLEMANDE...
AVEZ-VOUS LU "LES CONVERSATIONS DE GOETHE AVEC ECKERMANN" ?... UN LIVRE REMARQUABLE...
VOTRE ROBE ... VOUS PORTEZ UN CORSET?
HEU... OUI... POURQUOI CETTE QUESTION? ...
JE SAIS CE QU'IL VOUS FAUT...
VOUS ÊTES PRÊTE À ME SUIVRE?
MAIS... HEU... CELA DÉPEND ...
NOUS ALLONS PRENDRE UN BAIN... VOUS ALLEZ VOUS DÉBARRASSER DE TOUS CES VÊTEMENTS QUI VOUS ÉTOUFFENT ...
!!??

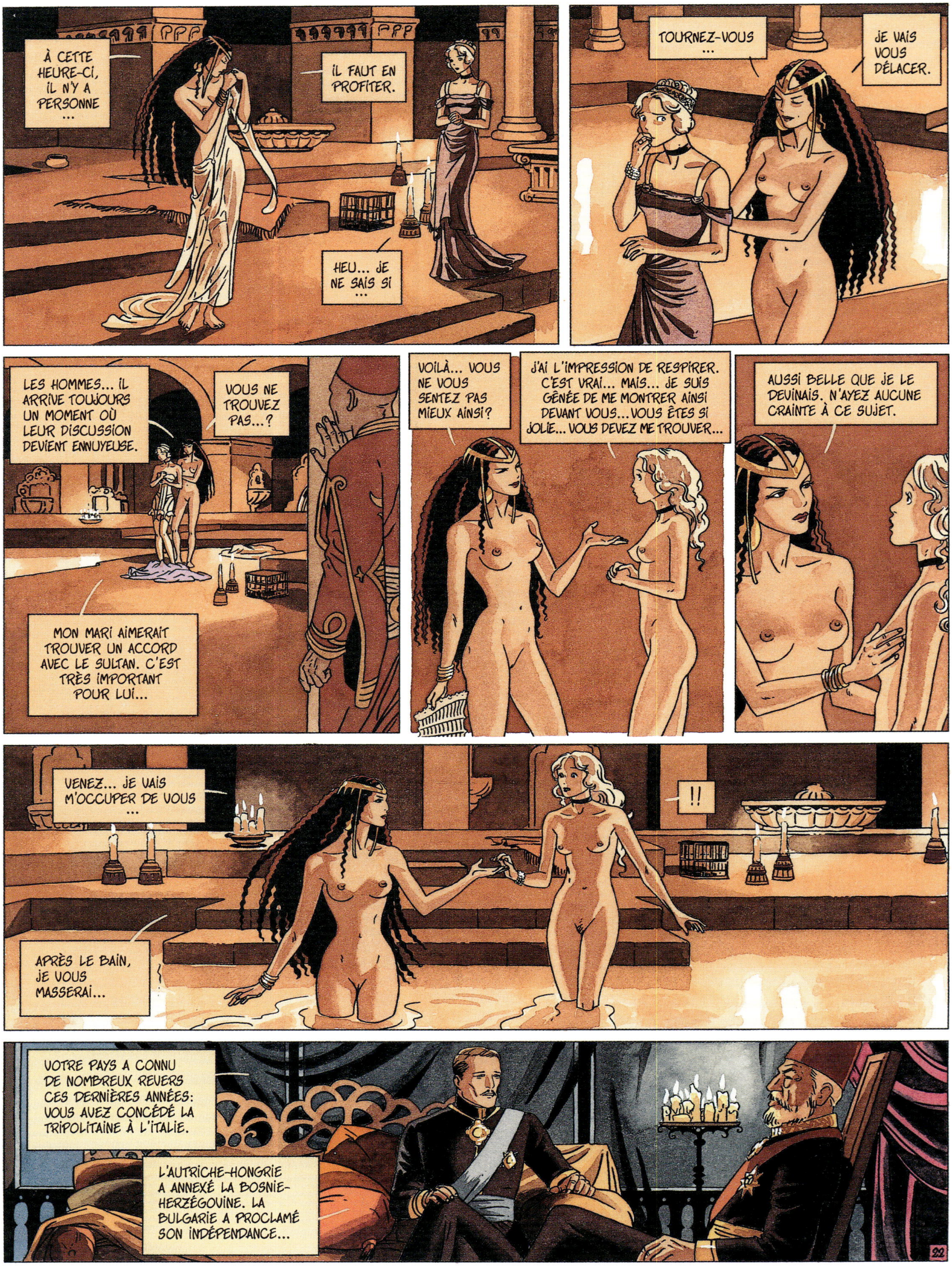

À CETTE HEURE-CI, IL N'Y A PERSONNE ...
IL FAUT EN PROFITER.
HEU... JE NE SAIS SI ...
TOURNEZ-VOUS ...
JE VAIS VOUS DÉLACER.
LES HOMMES... IL ARRIVE TOUJOURS UN MOMENT OÙ LEUR DISCUSSION DEVIENT ENNUYEUSE.
VOUS NE TROUVEZ PAS...?
MON MARI AIMERAIT TROUVER UN ACCORD AVEC LE SULTAN. C'EST TRÈS IMPORTANT POUR LUI...
VOILÀ... VOUS NE VOUS SENTEZ PAS MIEUX AINSI?
J'AI L'IMPRESSION DE RESPIRER. C'EST VRAI... MAIS... JE SUIS GÊNÉE DE ME MONTRER AINSI DEVANT VOUS... VOUS ÊTES SI JOLIE... VOUS DEVEZ ME TROUVER...
AUSSI BELLE QUE JE LE DEVINAIS. N'AYEZ AUCUNE CRAINTE À CE SUJET.
VENEZ... JE VAIS M'OCCUPER DE VOUS ...
!!
APRÈS LE BAIN, JE VOUS MASSERAI...
VOTRE PAYS A CONNU DE NOMBREUX REVERS CES DERNIÈRES ANNÉES: VOUS AVEZ CONCÉDÉ LA TRIPOLITAINE À L'ITALIE.
L'AUTRICHE-HONGRIE A ANNEXÉ LA BOSNIE-HERZÉGOVINE. LA BULGARIE A PROCLAMÉ SON INDÉPENDANCE...
22

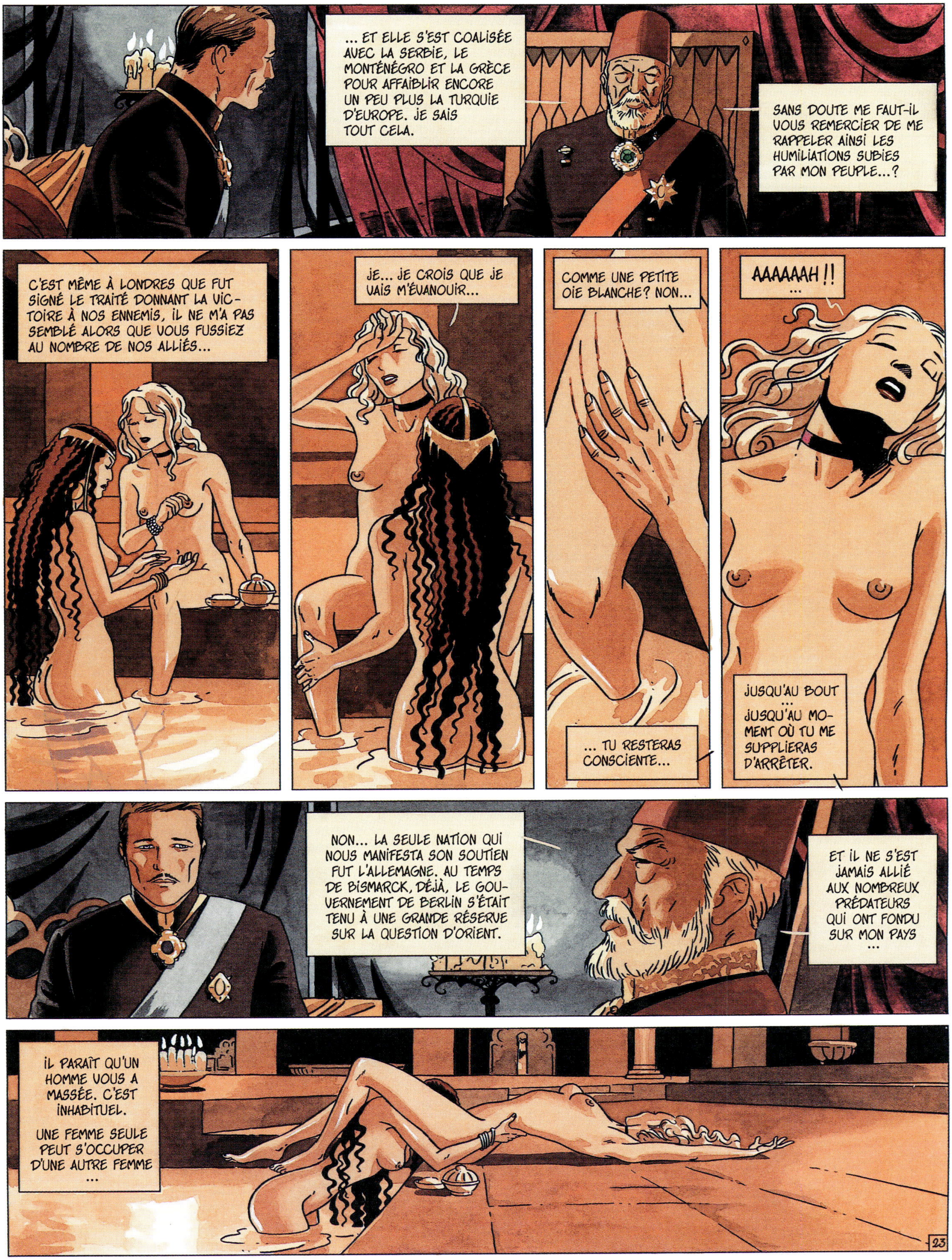
... ET ELLE S'EST COALISÉE AVEC LA SERBIE, LE MONTÉNÉGRO ET LA GRÈCE POUR AFFAIBLIR ENCORE UN PEU PLUS LA TURQUIE D'EUROPE. JE SAIS TOUT CELA.
SANS DOUTE ME FAUT-IL VOUS REMERCIER DE ME RAPPELER AINSI LES HUMILIATIONS SUBIES PAR MON PEUPLE...?
C'EST MÊME À LONDRES QUE FUT SIGNÉ LE TRAITÉ DONNANT LA VICTOIRE À NOS ENNEMIS, IL NE M'A PAS SEMBLÉ ALORS QUE VOUS FUSSIEZ AU NOMBRE DE NOS ALLIÉS...
JE... JE CROIS QUE JE VAIS M'ÉVANOUIR...
COMME UNE PETITE OIE BLANCHE? NON...
... TU RESTERAS CONSCIENTE...
AAAAAAH!! ...
JUSQU'AU BOUT ... JUSQU'AU MOMENT OÙ TU ME SUPPLIERAS D'ARRÊTER.
NON... LA SEULE NATION QUI NOUS MANIFESTA SON SOUTIEN FUT L'ALLEMAGNE. AU TEMPS DE BISMARCK, DÉJÀ, LE GOUVERNEMENT DE BERLIN S'ÉTAIT TENU À UNE GRANDE RÉSERVE SUR LA QUESTION D'ORIENT.
ET IL NE S'EST JAMAIS ALLIÉ AUX NOMBREUX PRÉDATEURS QUI ONT FONDU SUR MON PAYS ...
IL PARAÎT QU'UN HOMME VOUS A MASSÉE. C'EST INHABITUEL.
UNE FEMME SEULE PEUT S'OCCUPER D'UNE AUTRE FEMME ...
23

IL EST VRAI QUE DAME FAZILA AIME CHANGER LES RÈGLES.
LE PLAISIR RESTE UN JEU POUR ELLE...
VENEZ... JE VEUX VOUS MONTRER QUELQUE CHOSE...
OBSERVEZ LE PETIT CABOTEUR QUI PASSE À NOTRE HAUTEUR. IL TRANSPORTE DES MARCHANDISES.
CE BATEAU M'APPARTIENT. IL EST ASSURÉ CORRECTEMENT.
ET ALORS? ...
ALORS? ...
IL RESTE QUELQUES SECONDES...
BOOMMMM
!!
ET JE TOUCHE L'ARGENT DE L'ASSURANCE.
JE VOUS RASSURE. NOUS RESTONS ENTRE PROFESSIONNELS. L'EXPLOSION SERA IMPUTÉE À UN PROBLÈME TECHNIQUE COUVERT PAR LA COMPAGNIE.
24

MAIS ...
MAIS IL Y AVAIT DES GENS À BORD?!!
TROIS SEULEMENT. ON NE FAIT PAS D'OMELETTE SANS CASSER DES OEUFS.
J'AI BESOIN DE CET ARGENT, MISS NELSON. EN FAIT, JE SUIS RUINÉ. IL ME RESTE CETTE VILLA... ET PUIS, CE SERA LE GRAND SAUT.
J'AI UN NOM À PORTER, L'HONNEUR ANCIEN D'UNE FAMILLE...
... DONT J'AI DILAPIDÉ L'HÉRITAGE... J'AI MIS LONGTEMPS POUR CELA... À PRÉSENT, JE N'AI PLUS LE CHOIX...
OU JE TROUVE LE TRÉSOR DU SULTAN MURATI OU JE ME BRÛLE LA CERVELLE.
LE PROBLÈME, C'EST QUE LA VIE GARDE ENCORE CERTAINS CHARMES À MES YEUX...
J'AURAIS DES SCRUPULES À LA QUITTER...
MAIS VOTRE PRÉSENCE ME REDONNE DE L'ESPOIR.
DEMAIN, KÉMAL VOUS CONDUIRA CHEZ THESOS. JE COMPTE BEAUCOUP SUR CETTE CONFRONTATION. AINSI QUE SUR VOTRE ENTIÈRE COOPÉRATION...
...EN CAS DE REFUS, JE VOUS LIVRE À KÉMAL. IL POURRA USER DE VOUS COMME BON LUI SEMBLERA...
ET CROYEZ-MOI, LE TERME USER SERA DE MISE...
LE TRÉSOR DE MURATI ...
C'ÉTAIT DONC ÇA ...
25

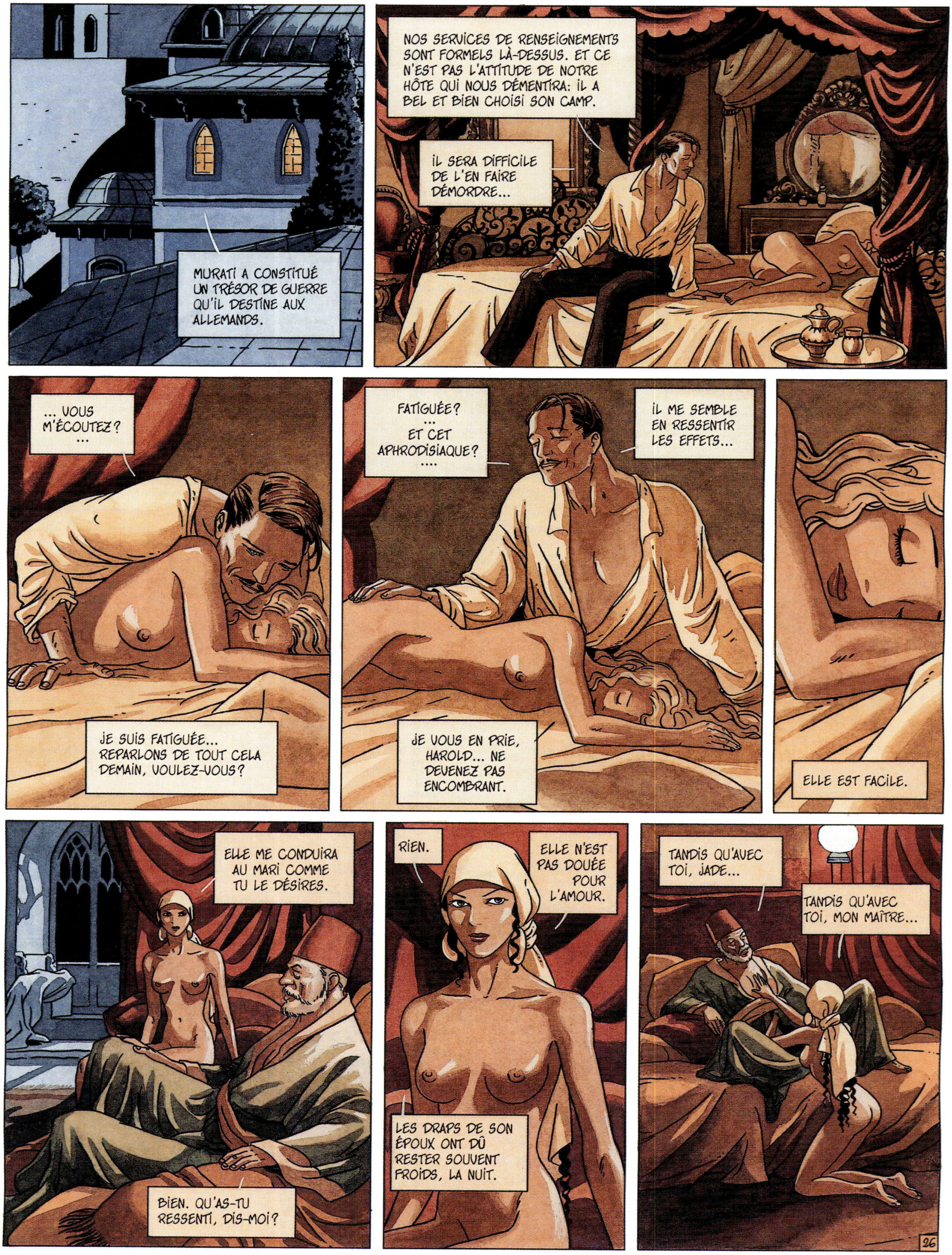

MURATI A CONSTITUÉ UN TRÉSOR DE GUERRE QU'IL DESTINE AUX ALLEMANDS.
NOS SERVICES DE RENSEIGNEMENTS SONT FORMELS LÀ-DESSUS. ET CE N'EST PAS L'ATTITUDE DE NOTRE HÔTE QUI NOUS DÉMENTIRA: IL A BEL ET BIEN CHOISI SON CAMP.
IL SERA DIFFICILE DE L'EN FAIRE DÉMORDRE...
... VOUS M'ÉCOUTEZ? ...
JE SUIS FATIGUÉE... REPARLONS DE TOUT CELA DEMAIN, VOULEZ-VOUS?
FATIGUÉE? ... ET CET APHRODISIAQUE? ....
IL ME SEMBLE EN RESSENTIR LES EFFETS...
JE VOUS EN PRIE, HAROLD... NE DEVENEZ PAS ENCOMBRANT.
ELLE EST FACILE.
ELLE ME CONDUIRA AU MARI COMME TU LE DÉSIRES.
BIEN. QU'AS-TU RESSENTI, DIS-MOI?
RIEN.
ELLE N'EST PAS DOUÉE POUR L'AMOUR.
LES DRAPS DE SON ÉPOUX ONT DÛ RESTER SOUVENT FROIDS, LA NUIT.
TANDIS QU'AVEC TOI, JADE...
TANDIS QU'AVEC TOI, MON MAÎTRE...
26

THESOS
KITABEVI
JADE CONNAISSAIT TOUS LES SECRETS DU SULTAN. MAIS IL SEMBLE QU'ELLE N'AIT RIEN LAISSÉ DERRIÈRE ELLE. AUCUN SOUVENIR, AUCUN PAPIER...
TOUT CE QUE NOUS SAVONS, C'EST QU'ELLE A TRAHI LE SULTAN POUR SUIVRE UN DIPLOMATE ANGLAIS, HAROLD NELSON... VOTRE AÏEUL...
... LORD NELSON EST MORT À LONDRES. LE TRÉSOR DU SULTAN NE FUT JAMAIS ENVOYÉ AUX ALLEMANDS. ET NOUS PERDONS TOUTE TRACE DE JADE À SON ARRIVÉE EN EUROPE...
ALORS, QUE S'EST-IL PASSÉ?... JE BUTE SUR CETTE ÉNIGME DEPUIS DES ANNÉES... ET VOICI QUE VOUS DÉBARQUEZ...
...TOUTE NAÏVE EN APPARENCE MAIS POSANT LES BONNES QUESTIONS... SUR LA BONNE PERSONNE... LA PREUVE EN EST CE CARNET QUE NOUS AVONS TROUVÉ DANS VOTRE CHAMBRE...
!!?
VOUS... VOUS AVEZ OSÉ!!!
AHHHH!!
CHIENNE!!
CROKC
MES YEUX!!...
JE... JE N'Y VOIS PLUS!!!!

TU N'AS PAS COMPRIS, ON DIRAIT... MAIS CETTE FOIS...
TIENS-LA !!
LA PORTE !!
... FERME LA PORTE !!!
A... ATTENDEZ-MOI...
JE VEUX EN PROFITER AUSSI...
PROFITER DE QUOI?...
D'UNE LECTURE SAINE ET CLAIRE?
??
CROCK
MALEK !!
!!
ON A UN PROBLÈME.
!! QUOI !??
28

UN PROBLÈME!
ÇA VA?
VOUS ÊTES ARRIVÉ JUSTE À TEMPS.
HEUREUX DE L'APPRENDRE.
JE... J'AI MAL...
VRAIMENT?
PAS ASSEZ À MON GOÛT!!
BOOMM
ON SE TIRE! ...
DÉPÊCHEZ-VOUS!
!!
UN INSTANT ...

TU NE T'EN TIRERAS PAS COMME ÇA...
VRAIM...!!
ATTENTION!!!
À MOI!!
COUREZ!... JE LES RETIENS!!
SAUVÉE!
30%
50%
30

Bakkaliyesi N°3
MON CARNET !!!
IMALA TOPTI N° 23
TROP TARD !!!
ATTENDEZ !...
ATTENDEZ !!
FLOR
ESANS VE SATIS
JE... JE NE VAIS PAS TENIR ...
... J'AI MAL AUX CÔTES ...
PAR ICI !!
!!??
BLAMM
31

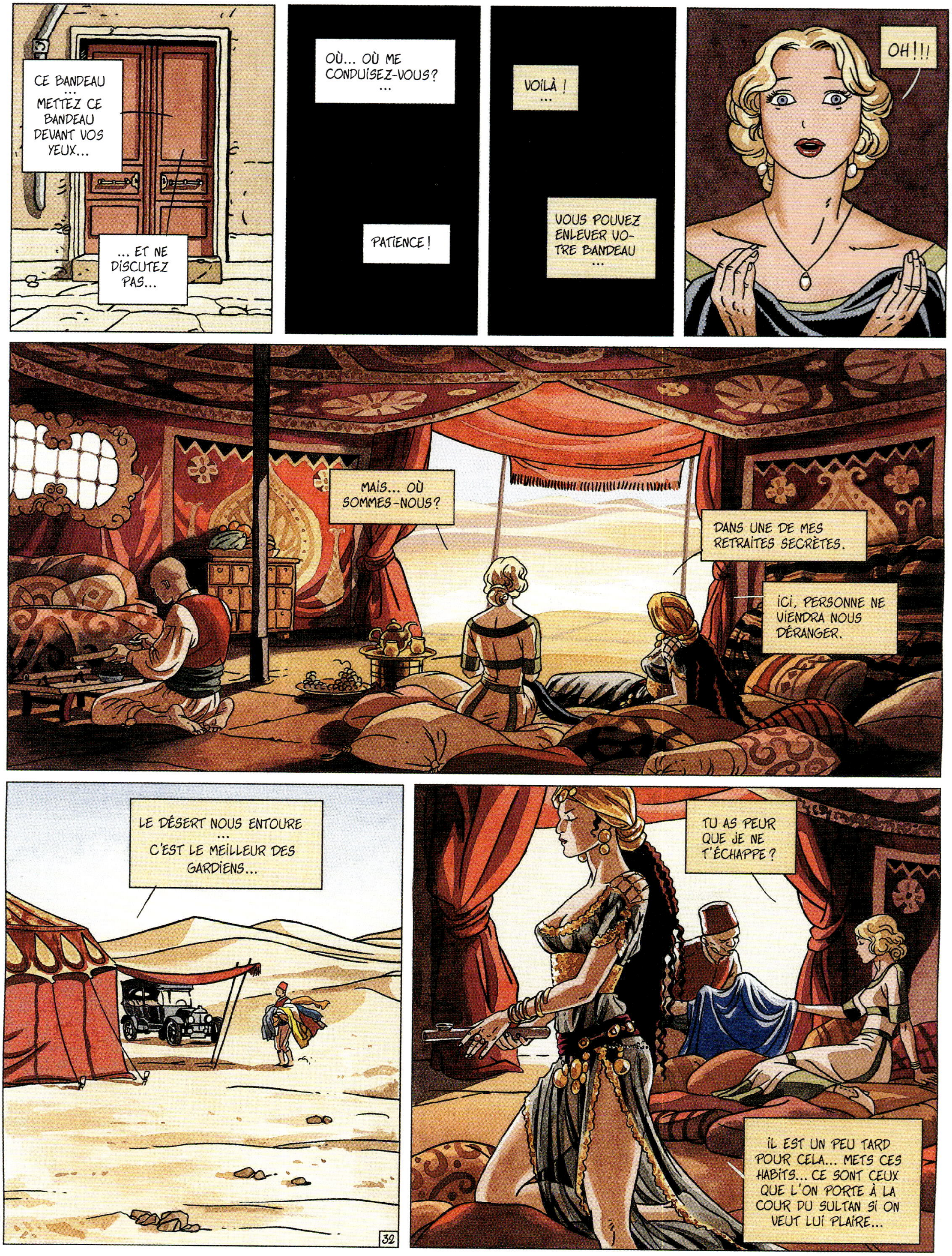

CE BANDEAU … METTEZ CE BANDEAU DEVANT VOS YEUX…
… ET NE DISCUTEZ PAS…
OÙ… OÙ ME CONDUISEZ-VOUS? …
PATIENCE !
VOILÀ ! …
VOUS POUVEZ ENLEVER VOTRE BANDEAU …
OH!!!
MAIS… OÙ SOMMES-NOUS?
DANS UNE DE MES RETRAITES SECRÈTES.
ICI, PERSONNE NE VIENDRA NOUS DÉRANGER.
LE DÉSERT NOUS ENTOURE … C'EST LE MEILLEUR DES GARDIENS…
32
TU AS PEUR QUE JE NE T'ÉCHAPPE?
IL EST UN PEU TARD POUR CELA… METS CES HABITS… CE SONT CEUX QUE L'ON PORTE À LA COUR DU SULTAN SI ON VEUT LUI PLAIRE…

MAIS C'EST À TOI QUE JE VEUX PLAIRE.
QUI VEUT ME PLAIRE, PLAÎT À MON MAÎTRE. N'OUBLIE JAMAIS CELA.
CES... CES VÊTEMENTS SONT SOMPTUEUX... MAIS UN PEU OSÉS, NON?
CE SONT CEUX QUE JE PORTE... ET TU ME TROUVES BELLE AINSI.
C'EST VRAI.
POURQUOI LE NIER?
MAIS ELLES VONT Y PASSER LA MATINÉE, MA PAROLE! ...
J'AURAIS DÛ EMPORTER MON APPAREIL PHOTOGRAPHIQUE ...
EN TOUT CAS, MON VIEUX SAMUEL, C'EST L'OCCASION DE TA VIE !... NE LA RATE PAS SURTOUT... TU VAS DEVENIR UN HOMME RICHE! ... N'EMPÊCHE !...
JE ME DEMANDE BIEN CE QU'ELLES PEUVENT SE RACONTER ...
33
JE... JE VOIS LA SALLE OÙ TU M'AS SÉDUITE... TU TE TIENS SEULE... NUE... ET... DES COBRAS !!!... DES DIZAINES DE COBRAS T'ENTOURENT...

TU TE LÈVES...
LA MORT EST FROIDE À TES PIEDS... TU T'APPROCHES DES BAINS...
TU T'ARRÊTES... L'EAU S'EST TRANSFORMÉE EN SANG... UNE VASTE TACHE ROUGE QUI TE REJETTE...
TU TOURNES LA TÊTE... QUELQUE PART DANS LE PALAIS...
UN ENFANT CRIE...
UNE FILLE ...
LA... LA VISION SE BROUILLE... JE VAIS ARRÊTER DE FUMER ...
UNE FILLE...
34
TU AS GARDÉ UNE PART D'INSTINCT EN TOI... C'EST BIEN. TON ÉDUCATION N'A PAS TOUT BRISÉ.
MON ÉDUCATION? ...
ET LA TIENNE? ... CETTE VIE DE HAREM OÙ TU T'HUMILIES...
TU N'AS RIEN COMPRIS... LE HAREM N'EST PAS UNE HUMILIATION... MAIS UN HONNEUR.

SATISFAIS UN HOMME ET TU OBTIENDRAS DE LUI TOUS LES TRÉSORS DE LA TERRE.
TOUS LES TRÉSORS ?... MÊME CEUX DE GUERRE ?...
ON T'EN A PARLÉ ?... LE SULTAN MON MAÎTRE EST TRÈS RICHE ...
MAIS IL FAIT UN MAUVAIS CHOIX EN DESTINANT SON AIDE AUX ALLEMANDS... NOUS NE SOMMES PAS VOS ENNEMIS, JADE...
C'EST AU CŒUR DU HAREM QUE SE TROUVE LA SOLUTION. LÀ, LES ÂMES ET LES CORPS SONT NUS. ON NE PEUT PLUS TRICHER. CHACUN SAIT S'IL PEUT OU NON COMPTER SUR LES AUTRES...
METS-MOI À L'ÉPREUVE... TU VERRAS.
JE T'APPRENDRAI ALORS.
LA VOITURE DE LORD NELSON ?... EH BIEN ?...
NOUS N'AVONS, A PRIORI, AUCUNE OBJECTION À CE QUE SON ÉPOUSE RENCONTRE RÉGULIÈREMENT LA FAVORITE DU SULTAN...
35

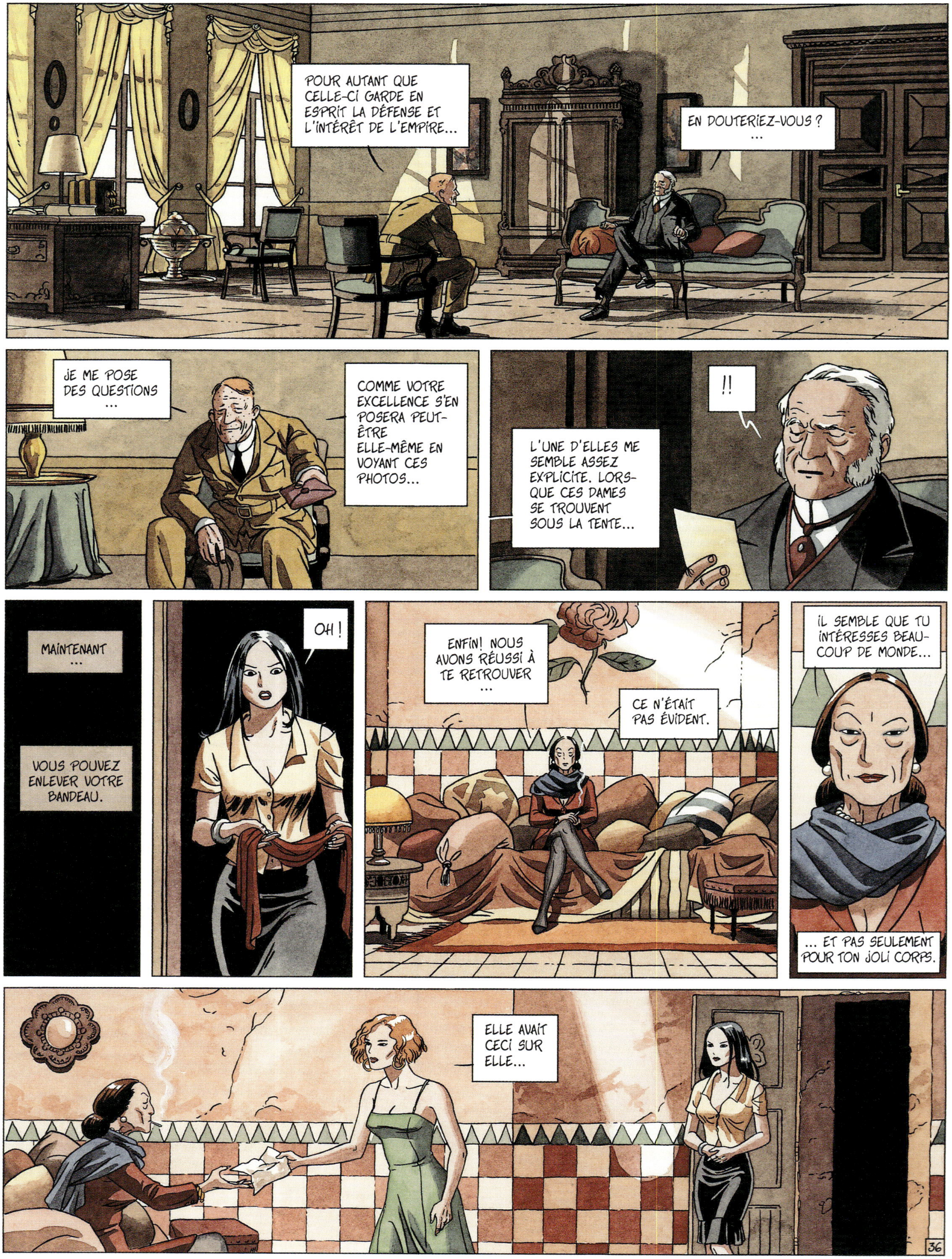
POUR AUTANT QUE CELLE-CI GARDE EN ESPRIT LA DÉFENSE ET L'INTÉRÊT DE L'EMPIRE...
EN DOUTERIEZ-VOUS ? ...
JE ME POSE DES QUESTIONS ...
COMME VOTRE EXCELLENCE S'EN POSERA PEUT-ÊTRE ELLE-MÊME EN VOYANT CES PHOTOS...
!!
L'UNE D'ELLES ME SEMBLE ASSEZ EXPLICITE. LORSQUE CES DAMES SE TROUVENT SOUS LA TENTE...
MAINTENANT ...
VOUS POUVEZ ENLEVER VOTRE BANDEAU.
OH !
ENFIN! NOUS AVONS RÉUSSI À TE RETROUVER ...
CE N'ÉTAIT PAS ÉVIDENT.
IL SEMBLE QUE TU INTÉRESSES BEAUCOUP DE MONDE...
... ET PAS SEULEMENT POUR TON JOLI CORPS.
ELLE AVAIT CECI SUR ELLE...
36

TIENS, TIENS! OÙ AS-TU TROUVÉ CE DOCUMENT?
CHEZ THESOS. DANS UN DE SES BOUQUINS ... L'HOMME SUR LA PHOTO, IL S'APPELLE EBU SARKI...
OUI, EH BIEN...?
J'AVAIS UN CARNET QUE L'ON M'A VOLÉ. UN CARNET QUI APPARTENAIT À MA MÈRE. ET OÙ J'AI TROUVÉ CE NOM POUR LA PREMIÈRE FOIS. SUIVI D'UN CODE...
QUI EST CET EBU SARKI?
UN DES HOMMES LES PLUS PUISSANTS DE CE PAYS... MAIS IL SE CACHE...
CE DOCUMENT EST L'UN DES RARES QUE L'ON POSSÈDE SUR LUI.
CERTAINS PRÉTENDENT...
OUI ?
... QU'IL VIVRAIT AU CŒUR D'UN HAREM SEMBLABLE À CEUX QUI SE DÉPLOYAIENT JADIS AUTOUR DE NOS SULTANS...
UN... UN HAREM ? À NOTRE ÉPOQUE !!??
L'IDÉE EST PLAISANTE, NON?... MAIS, DIS-MOI, CEUX QUI T'ONT VOLÉ CE CARNET, IL FAUDRA QUE J'EN SACHE PLUS À LEUR SUJET...
THESOS TRAVAILLE POUR EUX?
OUI.
AH! DANS CE CAS, ILS AVANCENT DANS LEUR ENQUÊTE... NOUS ALLONS DEVOIR PRÉCIPITER LE MOUVEMENT... ET JE N'AIME PAS ME PRÉCIPITER...
CELA NE CONVIENT PAS À UNE FEMME ... NI DANS L'AMOUR, NI DANS LA HAINE.
ZIRIA, TU CONDUIRAS NOTRE HÔTE DANS LA CHAMBRE 27. QU'ELLE SE REPOSE.
LA CHAMBRE 27 ? ... MAIS ELLE EST...
OCCUPÉE, JE SAIS.
MAIS JE NE CROIS PAS QUE NOTRE AMIE NOUS EN TIENDRA RIGUEUR.

VOUS?
EH OUI!... J'AI ESSAYÉ DE VOUS SUIVRE ...
MAIS J'AI ÉTÉ QUELQUE PEU RETARDÉ... ENFIN, NOUS SOMMES LÀ TOUS LES DEUX, C'EST L'ESSENTIEL...
MAIS VOUS ÊTES BLESSÉ?
SI L'ON VOUS A FAIT ATTENDRE, C'EST QUE DAME FAZILA ME SOIGNAIT... SES TALENTS SONT MULTIPLES...
... ET PRÉCIEUX.
COMMENT M'AVEZ-VOUS RETROUVÉE?
JE GUETTAIS LA BOUTIQUE DE THESOS.
JE SAVAIS QUE KÉMAL FINIRAIT PAR VOUS Y EMMENER...
VOUS M'AVEZ SAUVÉ LA VIE ...
J'AI UNE DETTE ENVERS VOUS.
... IL VA FALLOIR VOUS EN ACQUITTER.
MAIS COMMENT? ... AIDEZ-MOI...
JE... CROIS... QUE J'AI UNE IDÉE.
JE DEVINE... JE VOUS EMBRASSE.
C'EST UN DÉBUT.
JE ME DÉSHABILLE.
C'EST MIEUX ENCORE.
JE M'OCCUPE DE VOUS. AVEC MA BOUCHE.
LA BOUCHE, CE SERAIT PARFAIT.
ALORS ? ...
38

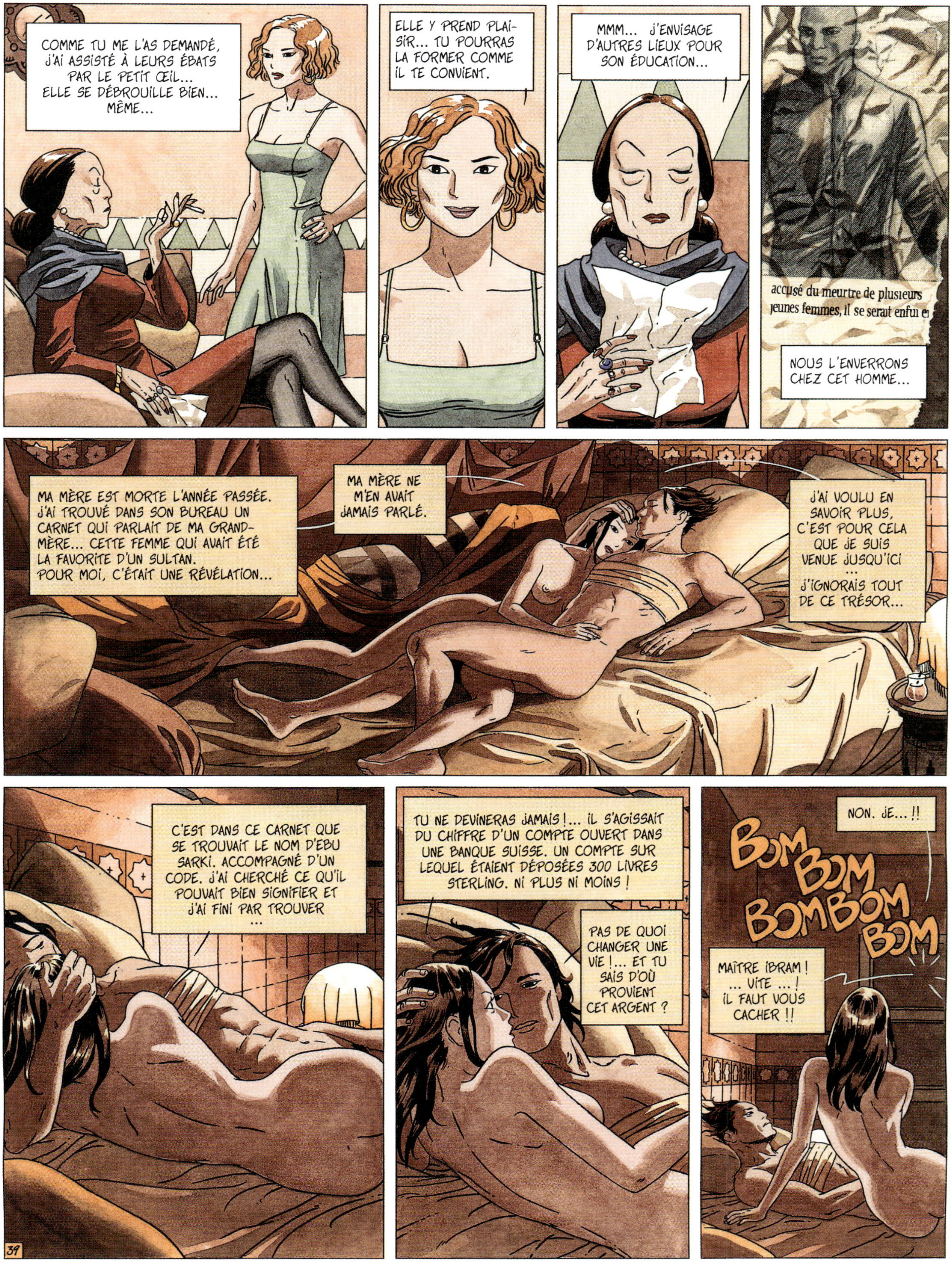
COMME TU ME L'AS DEMANDÉ, J'AI ASSISTÉ À LEURS ÉBATS PAR LE PETIT ŒIL... ELLE SE DÉBROUILLE BIEN... MÊME...
ELLE Y PREND PLAISIR... TU POURRAS LA FORMER COMME IL TE CONVIENT.
MMM... J'ENVISAGE D'AUTRES LIEUX POUR SON ÉDUCATION...
accusé du meurtre de plusieurs jeunes femmes, il se serait enfui en
NOUS L'ENVERRONS CHEZ CET HOMME...
MA MÈRE EST MORTE L'ANNÉE PASSÉE. J'AI TROUVÉ DANS SON BUREAU UN CARNET QUI PARLAIT DE MA GRAND-MÈRE... CETTE FEMME QUI AVAIT ÉTÉ LA FAVORITE D'UN SULTAN. POUR MOI, C'ÉTAIT UNE RÉVÉLATION...
MA MÈRE NE M'EN AVAIT JAMAIS PARLÉ.
J'AI VOULU EN SAVOIR PLUS, C'EST POUR CELA QUE JE SUIS VENUE JUSQU'ICI ... J'IGNORAIS TOUT DE CE TRÉSOR...
C'EST DANS CE CARNET QUE SE TROUVAIT LE NOM D'EBU SARKI. ACCOMPAGNÉ D'UN CODE. J'AI CHERCHÉ CE QU'IL POUVAIT BIEN SIGNIFIER ET J'AI FINI PAR TROUVER ...
39
TU NE DEVINERAS JAMAIS !... IL S'AGISSAIT DU CHIFFRE D'UN COMPTE OUVERT DANS UNE BANQUE SUISSE. UN COMPTE SUR LEQUEL ÉTAIENT DÉPOSÉES 300 LIVRES STERLING. NI PLUS NI MOINS !
PAS DE QUOI CHANGER UNE VIE !... ET TU SAIS D'OÙ PROVIENT CET ARGENT ?
NON. JE... !!
BOM BOM BOMBOM BOM
MAÎTRE IBRAM ! ... VITE ... ! IL FAUT VOUS CACHER !!

AMIN DOMAN A INSISTÉ POUR ÊTRE REÇU PAR NOTRE MAÎTRESSE. IL SE TROUVE DANS LA GRANDE SALLE, EN BAS.
JE SUIS TRÈS DÉÇU, FAZILA. JUSQU'ICI, JE N'AVAIS JAMAIS EU À ME PLAINDRE DE TES SERVICES.
MAIS, À PRÉSENT, IL SEMBLE QUE TU PROPOSES N'IMPORTE QUI À TES CLIENTS...
UNE DE MES FILLES T'A DÉPLU... ? PRENDS-EN UNE AUTRE... À MES FRAIS.
LES LOIS DE L'HOSPITALITÉ...
NE ME PARLE PAS D'HOSPITALITÉ !!
TOI QUI VIOLES LES MURS DE CETTE MAISON EN ENLEVANT UNE DE MES INVITÉES ! COMMENT AS-TU OSÉ ??
OSÉ ? ...
UN HOMME QUI PAYE PEUT TOUT OSER ICI. L'AS-TU OUBLIÉ ?
OUI... TU AS OUBLIÉ.
MAIS JE VAIS TE RAFRAÎCHIR LA MÉMOIRE ...
JE PRENDS CETTE FILLE POUR UN MOMENT...
ELLE EST À TOI ... USES-EN COMME BON TE SEMBLERA.
40

OUI... KÉMAL A UNE REVANCHE À PRENDRE !
ET JE NE VAIS PAS ME PRIVER ! ...
À GENOUX !
NON !
N'INTERVIENS PAS !!
SOYONS PRÉCIS... CETTE JEUNE FEMME... KIM NELSON ... TU VAS ME DIRE OÙ ELLE SE CACHE...
JE L'IGNORE... À CE QUE JE SACHE, ELLE NE FAIT PAS ENCORE PARTIE DE MA MAISON ...
JE VEUX L'ENTENDRE CRIER !!!
AAAHHHHH !!
KIM NELSON ! ... JE DOIS LA RETROUVER !
NOOOONNNN... PITIÉ !
PITIÉ !!!

OÙ ALLONS-NOUS ?
À LA RENCONTRE DU SEUL HOMME QUI PUISSE T'AIDER...
EBU SARKI.
!!??
TU... TU LE CONNAIS ?
DAME FAZILA A TRAVAILLÉ POUR LUI AUTREFOIS... C'EST UN AVANTAGE QUE D'AUTRES N'ONT PAS.
EBU SARKI... ALORS LÀ, JE SUIS BLUFFÉE !
!!??
LÀ !! ... SUR LES QUAIS !!
QU'Y A-T-IL ?
NON... RIEN... J'AVAIS CRU VOIR UNE SILHOUETTE...
42

UNE SILHOUETTE ÉTRANGE... COMME SURGIE DU PASSÉ... À LA FOIS FAMILIÈRE... ET SI DISTANTE...
JE CROIS QUE LES PHOTOS ONT PRODUIT LEUR PETIT EFFET... EN TOUT CAS, J'AI EXÉCUTÉ MA PART DE TRAVAIL !
43

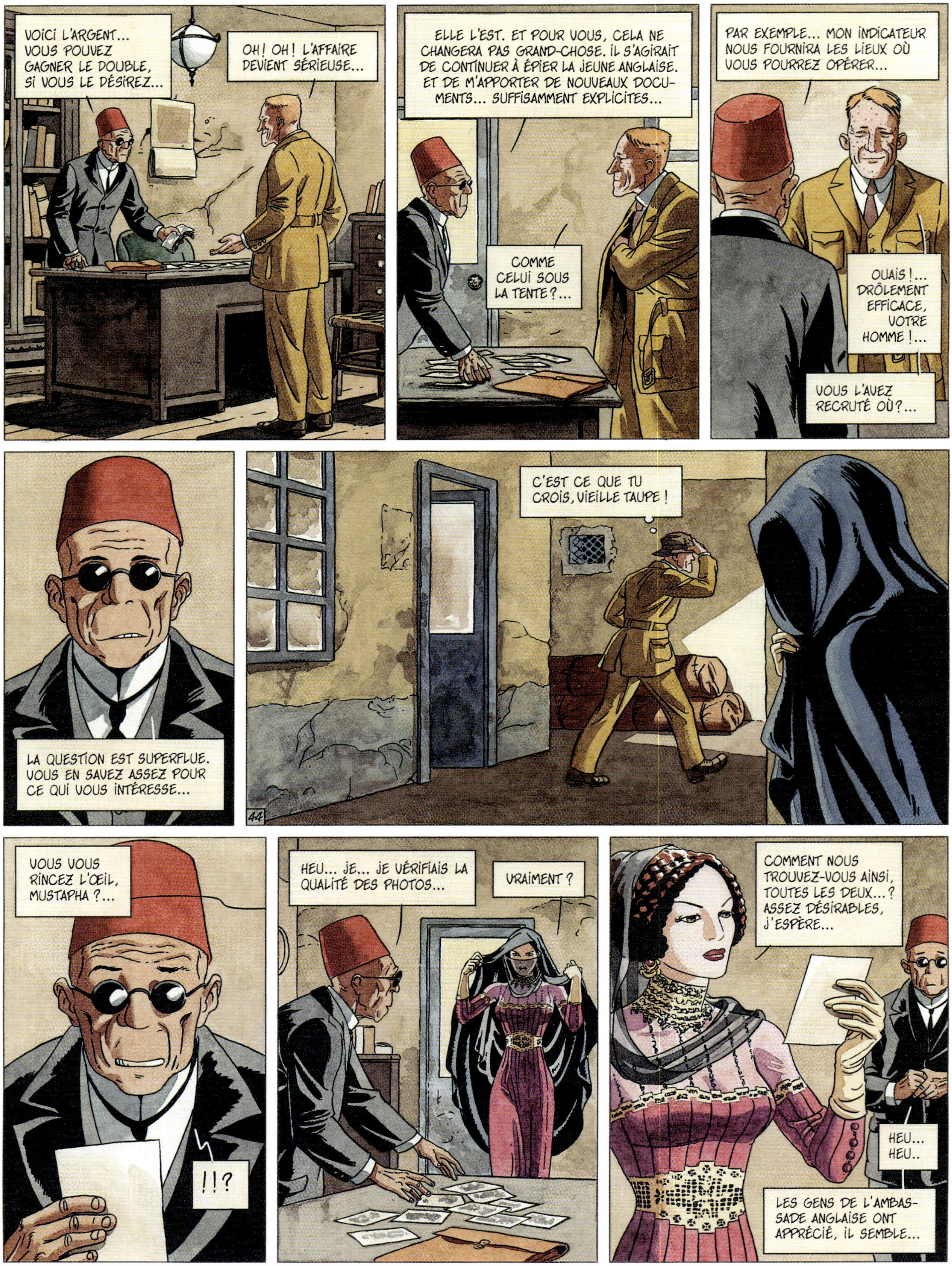
VOICI L'ARGENT... VOUS POUVEZ GAGNER LE DOUBLE, SI VOUS LE DÉSIREZ...
OH ! OH ! L'AFFAIRE DEVIENT SÉRIEUSE...
ELLE L'EST. ET POUR VOUS, CELA NE CHANGERA PAS GRAND-CHOSE. IL S'AGIRAIT DE CONTINUER À ÉPIER LA JEUNE ANGLAISE. ET DE M'APPORTER DE NOUVEAUX DOCUMENTS... SUFFISAMMENT EXPLICITES...
COMME CELUI SOUS LA TENTE ?...
PAR EXEMPLE... MON INDICATEUR NOUS FOURNIRA LES LIEUX OÙ VOUS POURREZ OPÉRER...
OUAIS !... DRÔLEMENT EFFICACE, VOTRE HOMME !...
VOUS L'AVEZ RECRUTÉ OÙ ?...
LA QUESTION EST SUPERFLUE. VOUS EN SAVEZ ASSEZ POUR CE QUI VOUS INTÉRESSE...
C'EST CE QUE TU CROIS, VIEILLE TAUPE !
44
VOUS VOUS RINCEZ L'ŒIL, MUSTAPHA ?...
!!?
HEU... JE... JE VÉRIFIAIS LA QUALITÉ DES PHOTOS...
VRAIMENT ?
COMMENT NOUS TROUVEZ-VOUS AINSI, TOUTES LES DEUX...? ASSEZ DÉSIRABLES, J'ESPÈRE...
HEU... HEU..
LES GENS DE L'AMBASSADE ANGLAISE ONT APPRÉCIÉ, IL SEMBLE...

"IL SEMBLE" NE SUFFIT PAS ! ...
JE VEUX QU'ILS NE PUISSENT PLUS RECULER DEVANT L'ÉVIDENCE... JE VEUX QUE CETTE ÉVIDENCE LEUR EXPLOSE AU VISAGE ...
AU MOMENT VENU, JE T'INDIQUERAI L'ENDROIT OÙ TON PHOTOGRAPHE POURRA OPÉRER...
JE M'ARRANGERAI POUR QU'IL PUISSE PÉNÉTRER AU CŒUR MÊME DU HAREM...
IL FAUDRA BIEN QUE LE MARI RÉAGISSE... ET C'EST TOUT CE QUE J'ATTENDS!
LORD NELSON...
SIR HAWKINGS VOUS ENVOIE CE DOCUMENT. IL VOUS ATTEND DANS LA SERRE. IL A DIT QUE VOUS COMPRENDRIEZ POURQUOI...
!!!
VOTRE EXCELLENCE !!!
JE VOUS ATTENDAIS, NELSON ...
45

UN DOCUMENT TROUBLANT, N'EST-CE PAS ?... ET CE N'EST PAS LE PREMIER !
COMMENT !!?
IL Y A UNE ESPÈCE DE RAT QUE JE REÇOIS LE MARDI DANS MON BUREAU. IL TRAVAILLE POUR NOUS PARFOIS.
IL GRATTE LE FOND DES POUBELLES AVEC UN CERTAIN FLAIR.
C'ÉTAIT MÊME UN BON PHOTOGRAPHE DANS LE TEMPS...
LA PHOTO, C'EST LUI ?
LES PHOTOS ! LA PREMIÈRE MONTRAIT DEUX JEUNES FEMMES SORTANT D'UNE TENTE, BRAS DESSUS, BRAS DESSOUS, À MOITIÉ NUES...
CELLE QUE VOUS TENEZ ENTRE VOS MAINS REPRÉSENTE L'INSPECTION D'UNE NOUVELLE ARRIVANTE DANS LE HAREM DU SULTAN... VOUS LA CONNAISSEZ, JE CROIS...
46